MEMOIRE

POUR LES PRIEUR ET RELIGIEUX FEUILLANS
du Monaftere de la Ville de Bordeaux, Intimez.

CONTRE LE SIEUR MARTIN LATOUR, PRESTRE, Vicaire Perpetuel de la Paroiffe de St. Vincent de Moulon, Apellant comme d'abus du Decret de M. l'Archevêque de Bordeaux, du 18. Juillet 1653., portant union d'une partie des fruits de ladite Cure, au Monaftere des Feüillans, & oppofant à l'execution & enregiftrement, tant des Lettres Patentes du mois de Decembre de l'année 1653., que de celles du mois de Mars 1706., confirmatives de ladite union.

'OBJET de ce Memoire, n'eft point de retracer fous les yeux de la Cour, tout ce qui peut avoir été dit ou employé de part & d'autre, pour la défenfe refpective des Parties ; les Peres Feüillans n'ont d'autres vûës que de prefenter leur caufe avec toute la fimplicité qui lui eft dûë, en reprenant feulement les moyens d'abus, qui ont été hazardés par le Sr. la Tour, contre l'union dont il s'agit, ils fe flâtent même qu'il fera facile de les détrüire, & d'en faire connoî-tre le peu de fondement, par l'aplication des faines maximes, & des vrais principes de la jurifprudence dans ces matieres.

L'on ne croit pas au furplus, qu'il foit neceffaire d'entrer dans le détail des faits qui ont précedé ou fuivi cette union ; les Intimés en ont rendu un compte exact à la Cour ; il n'eft queftion que de faire voir combien les tentatives de l'Apellant comme d'abus, font frivoles & condamnables ; c'eft ce que les Feüillans fe propofent d'établir, en fuivant le fieur la Tour, dans tout ce que fa cupidité démefurée lui a fait imaginer, pour donner, s'il fe pouvoit, quelque atteinte à une union des plus légitimes, & que l'on ofe dire, avoir été refpectée depuis près de 80. ans.

Les prétendus moyens articulés par ce Vicaire perpetuel, peuvent être raportés à fept chefs principaux. 1°. C'eft, dit-il, une union à laquelle il a été procedé fans caufe, & fans neceffité ni utilité. 2°. Il n'y a pas eu d'informations *de commodo vel incommodo.* 3°. Le Pafteur légitime n'y a pas confenti, & quand même le fieur du Soffay pourroit être regardé comme le veritable Titulaire de la Cure de Moulon, fon confentement eft fimoniaque ; ce qui doit influer, dit l'Apellant,

A

sur le decret d'union, donné en confequence. 4°. Les habitans de cette Paroiffe n'ont point été apellés. 5°. L'Archevêque de Bordeaux a rendu fon decret fans territoire, & hors de fon Diocéfe. 6°. Le confentement du Chapitre de l'Eglife Cathedrale n'y eft point intervenu. 7°. L'union d'une Cure ne pouvoit être valablement faite à un Monaftere ; voilà où fe reduifent les déclamations du fieur la Tour, il ne fera pas difficile de les confondre, & d'en prouver tous les égaremens.

PREMIER CHEF.

L'union d'une partie des fruits de la Cure de Moulon, n'a été faite au Monaftere des Feüillans de la Ville de Bordeaux, qu'avec connoiffance de caufe ; il y avoit neceffité & même utilité.

L'on convient que fuivant les regles Canoniques, les unions des Benefices doivent avoir pour objet l'utilité de l'Eglife, ou la neceffité ; telle eft la difpofition du chap. *expofuifti* aux Décretales *de præbend. & dignitati.* ce qui a été confirmé par le Concile de Conftance dans la 43. Seffion, où les Peres de ce Concile après avoir revoqué toutes les unions qui avoient été obtenuës durant le Schifme, depuis la mort du Pape Gregoire XI., ont excepté feulement celles qui auroient été faites, *ex rationabilibus & veris caufis.*

C'eft précifement en conformité de ces deux motifs, qu'en 1653. M. de Bethune Archevêque de Bordeaux, crût devoir unir une partie des revenus de la Cure de Moulon, au Monaftere des Feuillans, tant pour la neceffité où fe trouvoient alors reduits ces Religieux, que par l'avantage & l'utilité qu'il entendoit procurer à l'Eglife & à fon Diocéfe, au moyen de cette union.

En effet, il n'eft pas permis de contefter que dans ce tems de troubles, dont la Province de Guienne a été fi fort agitée, (mais principalement pendant le Siége de la Ville de Bordeaux), les Feüillans qui ne joüiffoient même que d'un établiffement médiocre, n'ayent fait des pertes très-confiderables dans leurs biens meubles & immeubles, ce qui les mit hors d'état de pouvoir fubfifter, ou tout au moins dans l'impuiffance d'entretenir un nombre fuffifant de Religieux, pour faire le fervice Divin avec la defcence convenable.

Auffi la tranquilité ne fut pas plûtôt rétablie dans cette Ville, après la Paix concluë en 1650., qu'ils fe pourvûrent devant le Lieutenant General de la Sénéchauffée de Guienne, pour faire conftater une partie des dommages qu'ils avoient foufferts, & en confequence cet Officier affifté du Subftitut de Mr. le Procureur General, & des Experts par lui nommez d'Office, fe tranfporta fur les lieux, où il fût dreffé procès Verbal les 22. & 24. Octobre de ladite année ; fuivant lequel les dégâts, rüines, & démolitions arrivées dans les biens que les Feüillans poffedoient au Bourg de St. Seurin, furent eftimées à la fomme de 30395. liv., & il eft à obferver que les pertes énoncées dans ce procès Verbal, n'étoient pas les feules, dont ce Monaftere avoit été affligé, c'eft ce qui refulte du Decret de M. l'Archevêque de Bordeaux, où il eft dit, que ces Religieux avoient été dépoüillés de la plus grande partie de leurs biens, meubles & immeubles, *Monasterium magnas multiplicesque clades perpessum fuisse, plurimasque tam mobilium quam immobilium bonorum facultatibus fuisse spoliatum;* ce Prélat y déclare même qu'il a été le témoin oculaire d'une partie de ces ravages; *quarum ex parte & ipsi, quoque dolentes nos oculatos testes esse referimus.*

Mais au surplus, quand il seroit prouvé par l'Apellant comme d'abus, que les Feüillans n'auroient point eu d'autres diminutions dans leurs biens, que les dommages exposés dans le procès Verbal du mois d'Octobre 1650., il est sensible qu'une perte de plus de trente mille livres, par raport à une Communauté qui étoit déja dans l'indigence, seroit un objet très-Canonique, pour engager le Superieur Ecclesiastique à secourir par la voye d'union de Benefices, une Maison de Religieux qui pouvoit meriter d'être conservée, comme utile à l'Eglise, & au Diocése; & dont l'établissement avoit été souhaité en 1589., par Messieurs du Parlement, & par tous les Corps de la Ville.

D'ailleurs, l'état de pauvreté où se trouvoit alors le Monastere des Feüillans, étoit parfaitement connu de M. l'Archevêque de Bordeaux; & l'espace de près de 80. ans, pendant lesquelles cette union a subsisté, doit même faire présumer que les preuves de cette indigence ont été verifiées, d'autant que les Canonistes conviennent qu'après 50. années, la présomption demeure entiere, qu'il y a eu beaucoup plus de choses faites, qu'il n'en a été exprimé dans le Decret d'union : *Lapsu quinquaginta annorum præsumitur omnis solemnitas etiam extrinseca, etiam non enuntiata in instrumento, & præsumitur plus esse gestum quam scriptum;* c'est la note judicieuse de Dumoulin dans son conseil 44. num. 6.

Au reste pour ne rien laisser à desirer à cet égard, & pour faire connoître de plus en plus la triste situation des Feüillans, dans le tems que la Cure dont il s'agit fut unie à leur Monastere, il ne faut que jetter les yeux sur le procès verbal d'enquête que M. l'Evêque de Bazas fit faire le 5. Mars 1655. pour instruire sa Religion par rapport à leurs facultez & revenus, avant que de proceder en leur faveur à l'union du Prieuré de Bellefond.

L'on voit par cet Acte que le sieur Pagnon, Curé de la Paroisse de saint Pierre, dans la Ville de Bordeaux, Commissaire nommé à cet effet, se transporta dans les Archives de ce Monastere, & se fit representer l'état général du temporel de cette Maison, ensemble les titres, documens & pieces justificatives des biens dont elle jouïssoit, & des charges dont elle pouvoit être tenuë.

Il est établi par ce procès verbal, qu'après un examen, & une exacte discussion faite par ce Commissaire, les biens fonds possedez par cette Communauté, se sont trouvés monter à 3528. l. de revenu annuel, & les charges ordinaires & foncieres à la somme de 1159. l. 3. s. par chacune année; en sorte que déduction faite de ces charges, il ne restoit plus pour la subsistance & l'entretien des Religieux, qu'une somme de 2368. l. 17. s., sur laquelle ils étoient non-seulement obligez d'acquiter les taxes & subventions extraordinaires du Clergé, comme aussi de faire faire les réparations des Maisons & biens qu'ils possedoient tant dans la ville qu'à la campagne; mais encore de payer les interêts des fommes dont ils étoient débiteurs, & qui montoient à 30000. l. de principal ; de maniere que fans les charitez & les aumônes qui leurs étoient diftribuées par des perfonnes de pieté, il eût été impoffible qu'ils puffent foûtenir leur Communauté, ils auroient même été forcès fans ces fecours, de fe retirer de la Ville de Bordeaux, & d'abandonner leur Monaftere.

Il eft prouvé de plus par cette même enquête, que les créanciers des Peres Feüillans avoient fait decreter deux Maifons qu'ils avoient dans la Ville, un Bourdieu dans la Paroiffe de Florac, & fait vendre en outre plufieurs Cens & Rentes foncieres qui leur appartenoient ; ce qui juftifie de plus en plus combien leur état étoit déplorable, & que mal à propos le fieur la Tour s'eft efforcé de leur prêter des richeffes qui n'ont jamais été en leur poffeffion, étant bien naturel de penfer qu'ils n'auroient point laiffé decreter, ni vendre leurs biens, s'ils avoient eu le moyen, non pas de fatisfaire, mais d'appaifer feulement leurs créanciers.

Enfin ce Commiffaire ne s'eft pas contenté des inftructions folides & fcrupuleufes qu'il avoit prifes par lui-même fur les Regiftres, Actes & Pieces de ce Monaftere, il crut qu'il étoit à propos d'y joindre la preuve teftimoniale ; & en confequence il fut ordonné que lefdits Religieux feroient affigner pardevant lui en fa Maifon Presbiterale, un certain nombre d'Ecclefiaftiques, Officiers, ou Bourgeois notables & de probité connuë ; auffi voit-on dans ce procès verbal, qu'en execution de cette Ordonnance, les fieurs de Carriere, Prieur de Foncaire ; de la Serre, Seigneur d'Olliviés ; la Jaunie, Avocat, & Pinot, Procureur en la Cour, furent affignez ; & qu'après ferment par eux prêté, ils declarerent que les revenus des Feüillans étoient très-modiques, & n'excedoient pas annuellement la fomme de 3000. l. ; ces témoins ajoûterent en même-tems, que lefdits Religieux preffez par leurs créanciers, avoient été obligez de fe défaire de deux belles Maifons, d'un Bourdieu & de plufieurs Cens & Rentes.

C'eft dans cet état, & après une enquête auffi concluante, que M. l'Evêque de Bazas, pleinement convaincu de la pauvreté des Feüillans de la Ville de Bordeaux, voulut bien unir à leur Communauté le Prieuré de Bellefond, par fon Decret du dernier Mars 1655., lequel, enfemble les Lettres Patentes confirmatives, ont été regiftrées en la Cour, fans aucune difficulté.

S'il y avoit le moindre doute fur la juftice & la caufe de l'union d'une partie des revenus de la Cure de Moulon faite au même Monaftere, par M. de Bethune vingt mois auparavant, il eft inconteftable que ces deux unions étant à peu près du même tems & auffi peu éloignées, il en refulte invinciblement que la caufe legitime de l'une qui fe trouve fi précifément juftifiée, devient la preuve neceffaire de la legitimité de l'autre, puifque toutes les deux n'ont eu que le même objet & les mêmes motifs ; car fi l'indigence & la pauvreté de ces Religieux a été fi bien établie au mois de Mars 1655., il s'enfuit à plus forte raifon qu'au mois de Juillet 1653., ils n'étoient pas dans une fituation plus avantageufe, il y a tout lieu de foûtenir au contraire

re, que leur état devoit être encore beaucoup plus trifte & plus affreux ; d'autant qu'ils étoient alors engagez dans des procès confiderables ; furtout contre les Antonins qui faifoient tous leurs efforts pour rentrer dans la Commanderie de faint Antoine , dont ils vouloient expulfer les Feüillans ; ce font des faits publics , & dont on offre de fournir les preuves.

Qu'il foit permis d'ajoûter encore une reflection que les Intimez ofent emprunter du celebre Avocat Général qui porta la parole dans la caufe d'appel comme d'abus de l'union de la Cure de Ludon , à la Chartreufe de Bordeaux ; ce Magiftrat pour fonder l'Arrêt qui eft intervenu en faveur de cette union , ne donna d'autre principal motif, fi ce n'eft que les Chartreux n'étoient point encore bâtis ; l'on fçait que les Feüillans ne l'étoient point lors que M. de Bethune unit à leur Monaftere une partie des fruits de la Cure de Moulon , puis qu'ils ne le font point encore ; ils fe trouvent même en état de juftifier que le peu de logement commode dont ils jouïffent , n'a été conftruit que depuis.

Il faut donc convenir que l'union dont il s'agit , n'a été decretée que fur un jufte fondement ; la preuve en eft complette ; le Monaftere qui devoit en profiter, étoit rééllement dans une neceffité urgente ; c'eft le cas où les Regles Canoniques concourent pour autorifer celles qui ont été faites fur de tels motifs , & les Arrêts de tous les Tribunaux fe font toûjours réünis pour les confirmer.

Si la feule neceffité doit être , fuivant la difpofition des Saints Decrets , une caufe legitime & fuffifante de l'union des Benefices ; l'on peut dire que dans celle que l'on voit aujourd'hui fi vivement combattuë par le fieur la Tour , l'utilité de l'Eglife y a été pareillement confiderée , d'autant qu'il s'agiffoit de faire fubfifter , foûtenir & conferver un Monaftere de Religieux , dont l'Eglife pouvoit recevoir de grands avantages ; tant par l'édification de leur vie exemplaire , que par tous les autres fecours fpirituels qu'ils avoient procuré jufqu'alors , & qu'ils étoient en état de rendre dans la fuite , foit à la Ville de Bordeaux , foit au Diocéfe ; & fi l'Appellant comme d'abus s'eft imaginé que pour le bien de fa caufe , il devoit infifter fur la qualité du Benefice , dont une partie des fruits avoit fait l'objet de cette union , il eft aifé de détruire la foible reffource dont il peut s'être flatté mal à propos à ce fujet ; car il faut diftinguer dans le revenu d'une Cure , 1°. Ce qui eft neceffaire pour entretenir le Curé. 2°. Les autres fonds s'il en refte , après qu'on a fatisfait à cette charge.

L'on peut regarder comme important à l'Eglife & à l'Etat , qu'on ne détourne point à d'autres ufages les fonds qui peuvent être deftinez pour l'entretien & la fubfiftance des Pafteurs ; c'eft pourquoi l'on n'approuve la fuppreffion & extinction des Eglifes Paroiffiales , que dans les cas d'une neceffité extraordinaire ; mais il n'en eft pas de même de ce qui peut refter des revenus d'une Cure , après qu'on a diftrait ce qu'il en faut pour la fubfiftance & l'entretien du Titulaire ; le Superieur Ecclefiaftique peut ne point laiffer toûjours entre les mains du Curé, la diftribution de cet excedent, il eft en droit, fans offenfer

B

les regles, d'en faire l'application dans certaines circonstances à d'autres emplois qu'il juge utiles à l'Eglise, & qui peuvent procurer l'avancement de la Religion, ou l'augmentation du service & du culte Divin; c'est ce qui a été bien observé par le sçavant Editeur des Mémoires du Clergé, tom. 10. pag. 1818. & 1819.; cette application reglée par le Superieur Ecclesiastique pour la plus grande utilité de l'Eglise, se trouve même d'autant plus favorable, que les revenus des Cures, après que le Pasteur y a pris sa subsistance, deviennent rarement le Patrimoine des Pauvres, étant notoire que ces fonds ne sont que trop souvent employez, ou pour avancer la famille du Beneficier, ou pour enfler la succession qu'il doit transmettre à ses heritiers collateraux.

M. de Bethune dans l'union qu'il a faite d'une partie des fruits de la Cure de Moulon, en faveur du Monastere des Feüillans, s'est conformé à ces grands principes; ce Prélat n'a point supprimé cette Eglise Paroissiale, au contraire il a donné toute son attention pour conserver aux Habitans les secours spirituels qui pouvoient leur être necessaires; & en consequence, après avoir établi dans cette Cure un Pasteur en titre, il a voulu lui assurer un logement convenable, avec un jardin, & une subsistance très-abondante, fixée à la somme de 500. l. de revenu annuel, exempte de toutes charges ordinaires & extraordinaires, outre les oblations, casuel & ceux de l'Eglise; & même plus l'on avance dans ce decret d'union, & plus l'on en reconnoît toute la sagesse; car il a été de plus ordonné pour l'avantage des Paroissiens, que les Feüillans seroient tenus d'envoyer à leurs frais dans cette Eglise, un de leurs Religieux, ou un autre Prêtre seculier, les principales Fêtes annuelles, & depuis le Dimanche des Rameaux jusqu'au Dimanche de la Resurrection, pour dire la premiere Messe, & aider le Curé dans la célébration de l'Office Divin & administration des Sacremens.

Les choses disposées de cette maniere, c'est-à-dire, après avoir pourvû aux besoins spirituels de cette Paroisse, & avoir distrait sur les fruits de cette Cure une portion que l'on ose dire bien plus que suffisante, pour l'entretien & la subsistance du Pasteur: il est impossible de pouvoir s'imaginer où peut être l'abus commis par le Superieur Ecclesiastique, de n'avoir pas laissé le surplus des fruits de ce Benefice entre les mains du Curé, pour en user à sa volonté, mais d'en avoir fait l'application pour soulager un Monastere qui se trouvoit dans une necessité évidente, & dont l'Eglise avoit lieu d'esperer de pouvoir fait tirer de grands avantages: voilà néanmoins où se réduit toute la cause, car pour prononcer sur l'appel comme d'abus interjetté par le sieur la Tour, il faut envisager cette union dans le tems où elle a été consommée, c'est-à-dire en 1653.

L'on ne peut donc contester que les differentes causes approuvées par les Régles Canoniques pour la legitimité des unions, se réünissent par rapport à celle dont il s'agit: la necessité où se trouvoit alors le Monastere des Feüillans, & dont Mr. de Bethune étoit parfaitement instruit, a été bien prouvée par le Procès-verbal du Lieutenant Général en la Senéchaussée de Guienne, du mois d'Octobre 1650., de même

que par l'Enquête que fit faire Mr. l'Evêque de Bazas en 1655.; l'utilité
de l'Eglise n'y eft pas moins évidente, comme il vient d'être obfervé; auffi
Mr. l'Archevêque de Bordeaux a bien fait fentir ces deux motifs dans
fon Decret, où après avoir expofé l'indigence de ce Monaftere, & les
pertes confiderables que les Réligieux avoient faites dans leurs biens,
meubles & immeubles, il ajoute, *& ad majorem Omnipotentis gloriam,*
divini cultûs augmentationem, & pietatis incrementum.

Une union fi legitime ne pouvoit pas manquer d'être autorifée dans
toutes les formes réquifes; le Roy LOUIS XIV. voulut bien la confirmer
par differentes Lettres Patentes, dont les unes ont été regiftrées en
la Cour fur les conclufions de Meffieurs les Gens du Roy, le 2. De-
çembre 1653., & les autres adreffées au Grand Confeil dans la même
année, y ont été pareillement enregiftrées avec grande connoiffance
de caufe, par Arrêt du 14. Juillet 1654.

Il eft à obferver que la Cour qui ne pouvoit ignorer les juftes motifs de cette union, regarda comme une Procedure très-inutile, d'ordonner à cet égard quelques nouvelles inftructions, avant de proceder à l'enregiftrement des Lettres Patentes; mais le Grand Confeil
qui n'étoit point dans le cas d'avoir les mêmes affurances, crût devoir ordonner par differens Arrêts. 1°. Qu'avant faire droit, les Habitans de la Paroiffe de Moulon feroient appellez, enfemble les Re-
cteurs & Supóts des Univerfitez de Paris & de Bordeaux. 2°. Qu'il
feroit dreffé Procès-verbal des ruines & dégats foufferts par les Réligieux Feüillans, pendant les troubles des années 1650., & fuivantes.
3°. Qu'il feroit informé de la commodité ou incommodité de ladite
union pardevant le Lieutenant Général en la Sénéchauffée de Guienne;
& ce n'eft qu'après l'execution de toutes ces formalitez que les Lettres Patentes de 1653. furent enregiftrées dans ce Tribunal le 14.
Juillet 1654., ce qui par confequent doit mettre cette union à l'abri
de toute critique, étant inconteftable qu'elle n'a été confirmée qu'a-
près une Procedure exacte, fcrupuleufe & réguliere.

Mal à propos voudroit-on oppofer que cette enquête *de commodo &*
incommodo, n'eft point rapportée; car il n'eft pas permis de former
un pareil doute fur des actes vifez dans un Arrêt de Cour Souveraine,
fans accufer de prévarication les Magiftrats qui l'ont rendu : nos Auteurs conviennent même, que fi de telles énonciations fe trouvoient
dans le Decret d'un Commiffaire Ecclefiaftique qui auroit procedé à une
union, il faudroit après 40. années y avoir égard, fuivant la maxime
in antiquis enuntiativa probant; ainfi à plus forte raifon, lorfqu'il s'agit
d'une union paifiblement executée dépuis près de 80. ans, & que l'é-
nonciation fe trouve dans un Arrêt qui eft un monument bien plus refpectable, dans lequel on voit même que les Juges ont rempli tout ce
qui pouvoit être de leur miniftere.

S l'on ajoûte que le Roy LOUIS XIV. par fes Lettres Patentes du
mois de Mars 1706., regiftrées en la Cour au mois d'Avril fuivant,
a confirmé de nouveau cette même union : il eft impoffible après tant
de titres dont elle a été accompagnée ou fuivie pour fon execution,
de ne pas regarder les démarches du fieur Latour, comme une

temerité des plus condamnables, qui n'iroit pas moins qu'à vouloir in-
finuer que le Roy LOUIS XIV., la Reine Regente fa Mere, un grand
Archevêque, dont la memoire fera toûjours précieufe dans le Diocéfe de Bordeaux, & dans le Clergé de France; les Magiftrats qui
avoient l'honneur de fiéger en la Cour en 1653. & en 1706.; ceux
qui avoient pareillement l'honneur de remplir les places de Préfidens
& Confeillers au Grand Confeil en 1654.; Meffieurs les Gens de Roy
dans ces deux Cours Souveraines; en un mot, que tant de perfonnes
illuftres, & dignes Magiftrats, auroient néanmoins confpiré avec quelque forte d'intelligence pour tromper l'Eglife, & confommer un abus:
il n'eft point à craindre que la Cour tranfmette à la pofterité un Jugement qui ne pourroit que deshonnorer tant de grands Hommes,
dont la conduite fe trouve même exempte du plus leger foupçon; c'eft
cependant la fuite neceffaire de l'Arrêt que l'Appellant, comme d'a-
bus, follicite de rendre en fa faveur.

Mais dit-on de la part du fieur Latour, il y a des exemples d'u-
nions déclarées nulles, nonobftant la confirmation qui en avoit été
faite par Lettres Patentes: les Auteurs du Journal du Palais, Tom. 2.,
rapportent à ce fujet un Arrêt rendu au Grand Confeil le 28. Juillet
1683., par rapport au Prieuré d'Iffia, qui avoit été uni au Monaftere
des Réligieux de St. Maximin; Albert *verbo*, Union, Art. 2. en cité
un autre; enfin, continuë l'Appellant, l'union de la Cure de Pompone
faite au College des Jefuites de la Ville d'Amiens, fut jugée abufive
par Arrêt rendu au Grand Confeil le 24. Septembre 1718., quoi-
qu'elle eût été expreffement confirmée par des Lettres Patentes du
mois d'Avril 1692.

Il eft étonnant de voir jufqu'à quel point le fieur Latour a voulu
en impofer. 1°. L'Arrêt du 26. Juillet 1683., au fujet du Prieuré d'Iffia, raporté dans le fecond tome du Journal du Palais *in fol.* page 434.,
eft ici fans la moindre aplication; ce Benefice avoit été uni *proprio motu*, par Bulles du Pape Sixte IV., fans délegation commiffoire dans
le Royaume, & jamais cette union n'avoit été revetuë de Lettres Patentes; il eft bien vrai que dans le fait raporté par les Auteurs de ce
Journal, il eft dit que les Religieux de St. Maximin prétendoient que
cette union avoit été confirmée par les Lettres Patentes du 16. Fevrier
1478.; mais fi le défenfeur de l'Apellant comme d'abus, avoit voulu
confulter le Plaidoyé de M. le Leprêtre de Lezonnet, qui porta la parole dans cette caufe, en qualité d'Avocat General, il auroit vû qu'il

* Jour-
nal du Pa-
lais *in fol.*
tom.
pag. 438.

n'y avoit eu aucunes Lettres Patentes; " les défendeurs, , * dit ce "
Magiftrat, prétendent que l'Union a été faite à la réquifition de René "
Roy de Sicile & Comte de Provence; nous n'avons point vû de "
Lettres de ce Prince, pour requerir l'Union; on n'a communiqué "
aucunes Lettres Patentes, ni de ce Prince, ni d'aucun de nos Rois, "
par lefquelles cette Union ait été confimée. ,,

2°. Il en eft de même de l'Arrêt cité par Albert, il s'agiffoit d'une
Union faite par Bulle d'un Vice-Légat, dont les facultés n'avoient
point été regiftrées, cette Bulle avoit même été fulminée par un Evêque étranger & hors du Royaume, en forte que s'il y a jamais eu des
Lettres

Lettres Patentes pour l'execution d'une telle Union ; l'on ne craint point d'avancer qu'elles n'avoient jamais trouvé place dans les Regiſtres des Cours du Royaume ; auſſi le Parlement de Touloufe, en la declarant abuſive, ne peut s'empêcher de marquer toute ſon indignation ; ce Tribunal condamna même le Vice-Légat, quoi que mort depuis long-tems, en cent livres d'amende.

3°. Le ſieur la Tour n'eſt pas plus heureux, par raport à l'Arrêt rendu au grand Conſeil le 24. Septembre 1718., au ſujet de la Cure de Pompone ; cette Union avoit été pareillement decretée du propre mouvement du Pape Paul V., par Bulle du 23. Novembre 1617., tout y étoit abuſif, le Prieuré - Cure de Pompone eſt ſitué dans le Diocéſe de Paris, & l'aplication en étoit faite en faveur d'un établiſſement d'un autre Diocéſe ; le Pape Paul V. déclaroit même par ſa Bulle qu'il entendoit que cette Union eut lieu, ſoit que l'expoſé qui lui avoit été fait par les Jeſuites fut veritable, ou faux, quelque vice d'obreption ou ſubreption qu'il peut y avoir, & quand même il y auroit de juſtes & legitimes raiſons, pour empêcher l'Union : ce monſtre d'abus n'avoit jamais été autoriſé de Lettres Patentes particulieres, (ainſi qu'il eſt d'uſage d'en obtenir, pour être preſentées au Parlement du Reſſort, conjointement avec le Decret d'Union,) il eſt vrai qu'au mois d'Avril 1692., les Jeſuites ont obtenu des Lettres du Prince en termes generaux pour toutes les Unions faites à leurs maiſons, Seminaires, Colleges & Noviciats ; mais l'on entend parfaitement que des Conceſſions auſſi vagues, ne peuvent être d'aucun avantage en pareil cas, ce ſont plûtôt des preuves de protection, que des Lettres confirmatives des Unions, qui n'ont point été répreſentées ; que l'Apellant comme d'abus ceſſe donc de vouloir ſurprendre la Religion de la Cour, par des faits auſſi remplis de déguiſemens ; on le défie de citer aucun Arrêt, qui ait declaré abuſive quelque Union faite de l'autorité de l'Evêque Diocéſain, confirmée enſuite par Lettres Patentes ſpeciales, regiſtrées avec connoiſſance de cauſe, ſur les concluſions du miniſtere public, & ſuivie d'une execution paiſible pendant près de 80. ans.

Envain le ſieur Latour a-t'il voulu ſuppoſer que dans le tems de l'Union qu'il combat, la Communauté des Feüillans étoit dans l'opulence, puiſqu'en 1654., c'eſt-à-dire, l'année ſuivante, ils avoient acquis la maiſon noble de Roquenegre, qu'ils changerent enſuite pour celle de Seignan, dans la Paroiſſe de Moulon.

Si ces acquiſitions euſſent été faites des deniers de ce Religieux, l'objection pourroit être recevable ; mais il eſt juſtifié ſans replique, qu'elles n'ont paſſé entre leurs mains qu'au moyen des ſommes par eux empruntées de differens particuliers de la Ville de Limoges ; leur pauvreté étoit même ſi connuë, que quoiqu'il y eut privilege ſur le fonds qui devoient former l'emploi de ces deniers, les Prêteurs exigerent encore le cautionnement du Monaſtere des Feüillans de l'Abbaye de S. Martin de Limoges ; le ſieur la Tour auroit bien voulu pouvoir répandre des ſoupçons ſur la ſincerité de ces faits, mais les Contrats d'emprunts ont été remis à Mr. l'Avocat General, & ce Magiſtrat portant la parole dans la cauſe, n'a pas manqué de rendre témoignage à la verité.

C

Et quand on voit l'Apellant comme d'abus, affecter de paroître
surpris qu'une Communauté qui étoit dans l'indigence, ait fait une
acquisition de 26000. liv., même des deniers d'autrui, la réponse est encore bien naturelle, car si l'on considere que les Feüillans après l'U-
nion dont il s'agit, se trouvoient dans la necessité d'avoir une maison
dans cette Paroisse, pour y loger un OEconome ou un Fermier, & qu'il
leur faloit de plus des bâtimens pour y serrer les Dîmes, tant de Blé,
que de Vin, il est est aisé de comprendre que l'emplacement, les ma-
teriaux, & la construction leur auroient coûté plus de 20000. liv., ce
qui seroit tombé en pure perte, & auroit été un fonds mort pour eux,
au lieu que le parti qu'ils prirent alors, étoit le seul convenable, & à
leur indigence, & à leur œconomie, puisqu'au moyen de l'acquisition
de la maison de Seignan, ils trouvoient l'interêt de l'argent qu'ils
avoient emprunté, & en même tems les bâtimens necessaires pour retirer les Dîmes, dont ils devoient joüir dans cette Paroisse.

Les Intimés ne craignent pas au surplus, que l'on puisse s'arrêter
aux prétenduës contre-Lettres qu'il a plû au sieur la Tour d'imaginer,
ni à quelques Arrêts par lui employés sans discernement, & dont il a
voulu mal à propos conclure, que les pertes & dommages qui auroient
été soufferts par des Communautez, n'étoient point des motifs suffi-
sans, pour autoriser des Unions en leur faveur.

1°. Par raport à la supposition imaginaire de contre-Lettres, des
idées aussi chimeriques n'ont jamais trouvé le moindre credit en Justice; d'ailleurs c'est à l'Apellant comme d'abus de les justifier, & d'en
raporter les preuves, *ei incumbit probatio qui dicit non qui negat. leg.* 2.
ff. de probat. & præsumpt.

2°. Les deux Arrêts cités par Chopin *de Sacrâ politiâ, lib.* 2. *tit.* 6.
num. 9. & 13. qui ont déclaré y avoir abus dans l'Union de la Cure
de Bloun, faite au Chapitre de l'Eglise de Limoges, & dans celle de
la Cure de Doüe en Anjou, qui avoit été obtenuë par le Chapitre de
l'Eglise Collegiale de ladite Ville, sont absolument étrangers à la cause sur laquelle la Cour doit prononcer; ces Arrêts n'ont aucunement
jugé que les motifs de ruines, reparations, & autres pertes que ces
Chapitres avoient articulés en Cour de Rome, avoir soufferts dans leurs
biens & revenus pendant les Guerres, fussent insuffisans, pour demander l'Union de quelques Benefices, en y procedant suivant les formes
reçües en France; mais l'abus consistoit en ce que ces Unions, qui n'é-
toient point revêtuës de Lettres Patentes, se trouvoient faites par les
Papes Innocent VIII., & Alexandre IX., *motu proprio*, & sans délegation de Commissaires dans le Royaume, ce qui offense si essentielle-
ment nos libertés, qu'une Union la plus juste & la plus interessante
pour l'Eglise, qui renfermeroit neanmoins ce défaut, ne pourroit jamais
éviter d'être condamnée comme abusive, quelque execution paisible
qu'elle eut pû avoir pendant la revolution de plusieurs siécles.

Il en est de même de l'Arrêt rendu au Parlement de Paris le 24.
Mars 1664., contre l'Union de la Cure de St. Saturnin, faite au Chapitre de l'Eglise de Chartres; ce troisiéme exemple a été tout aussi mal
emprunté par le sieur la Tour. 1°. La demande faite en Cour de Ro-

me par ce Chapitre, n'avoit, d'autre objet que l'établissement
d'une Musique ; aussi dans le plaidoyé de Mr. l'Avocat General Talon,
inseré dans l'Arrêt, l'on voit que ce Magistrat ne peut s'empêcher de
s'élever contre un tel motif, qui n'avoit rien d'utile pour l'Eglise ; „ il «
ajoûta de plus que cette Union devoit être proscrite, comme faite en «
forme gracieuse, du mouvement particulier, & par une autorité ab- «
soluë de Sixte IV., qui défendoit même à l'Evêque d'en prendre con- «
noissance. „ 2° Cette Bulle permettoit au Chapitre de Chartres de ne
faire déservir l'Eglise de S. Saturnin, que par des Vicaires destituables
& amovibles *ad nutum*, & ces Chanoines ne donnoient en consequence, que des commissions annuelles, ce qui fit dire à Mr. Talon, qu'a-
yant abusé du bienfait du Pape, & s'en étant rendus indignes, en don- «
nant le soin & la conduite des Ames par commission annuelle, au plus «
offrant & dernier encherisseur, il étoit aisé de conclure que selon «
nos mœurs, cette Union étoit nulle & abusive ; cette Paroisse étoit «
d'ailleurs si mal administrée, que les habitans étoient parties interve- «
nantes, pour demander un Pasteur en titre. „

Tom. 5:
des nou-
veaux Me-
moires du
Clergé, pa-
ge 550.

L'exactitude des faits se trouvant rétablie contre les surprises si
multipliées par l'Appellant comme d'abus, il est facile d'en conclure
que tout ce qu'il a voulu associer à sa défense, n'a aucun rapport à
la cause ; aussi le sieur la Tour forcé de reconnoître que l'union qu'il
attaque n'a été faite que sur des motifs legitimes & très-Canoniques,
se retranche en quelque maniere à proposer la desunion ; il doit au
surplus sçavoir que dans le cas où une telle demande pourroit même
être reçuë, ce n'est point en la Cour qu'elle doit être portée, mais
devant le Superieur Ecclesiastique, étant indispensable de proceder
dans la désunion des Benefices avec toutes les mêmes formalitez que
lors qu'il s'agit de les unir ; ainsi toute la question soumise au jugement de la Cour par rapport à ce chef, consiste à décider, si en
1653. M. l'Archevêque de Bordeaux, après avoir pourvû à tous les
besoins spirituels de la Paroisse de Moulon, & avoir fait distraction sur
les revenus de cette Cure de ce qui pouvoit être destiné pour fournir (même abondamment) la subsistance & les commoditez du Pasteur,
(non amovible, mais établi en titre) a commis un abus en affectant
& unissant le surplus des fruits de ce Benefice à la Communauté des
Feüillans, pour soûtenir & faire subsister un Monastere utile à l'E-
glise, & qui étoit dans une veritable indigence, l'on se flatte qu'après
ce qui vient d'être observé, il ne peut pas y avoir la moindre difficulté sur la legitimité de cause dans cette union, & même dans le
cas où l'équité des motifs n'auroit point été aussi évidemment justi-
fiée, l'execution paisible pendant près de 80. ans suffiroit pour écar-
ter à cet égard toute objection : *Per lapsum quinquaginta annorum cum
continuâ & quietâ possessione purgatur omne vitium & omnis defectus, etiam
solemnitatis & causæ, ut nihil possit objici,* comme l'observe Dumoulin
dans son conseil. nomb. 7., ce qui reçoit encore une application
beaucoup plus favorable, lors qu'il s'agit d'une union faite par l'E-
vêque Diocesain.

Dans les circonstances de l'union, l'enquête de commodo vel incommodo,
n'étoit point nécessaire.

Nous n'avons ni Loi, ni Ordonnance qui ait prescrit par rapport aux unions des Benefices la nécessité de l'enquête *de commodo vel incommodo* ; il est vrai neanmoins que cette procedure ne doit point être négligée lors qu'il s'agit d'appliquer une union en faveur d'une Eglise ou Communauté d'un autre Diocése, d'autant que les besoins de cette Eglise, ou Communauté, ne sont pas présumez connus de l'Evêque du Diocése où est situé le Benefice que l'on propose d'éteindre ; il en est de même des unions demandées en Cour de Rome, & dont l'execution se fait dans le Royaume par des Commissaires déleguez du saint Siége, dans tous ces cas l'information de commodité, ou incommodité peut être de quelque avantage ; mais lorsque c'est l'Evêque Diocesain qui consomme une union d'une Eglise de son Diocése, en faveur d'une autre Eglise, ou Communauté du même Diocése ; c'est une maxime reçûë dans nôtre Jurisprudence, que le défaut d'enquête *de commodo vel incommodo*, n'est point une nullité, il n'y a ni obreption, ni subreption à opposer, & l'on présume de la connoissance de l'Evêque, qu'il doit être parfaitement instruit des nécessitez des Eglises & Communautez de son Diocése

En effet, le sieur la Tour pourroit-il prétendre que M. de Bethune étoit dans l'obligation de proceder à une enquête pour y apprendre, comme il le sçavoit par lui-même, que le Monastere des Feüillans étoit dans une extrême indigence, & que ces Religieux pendant & depuis les guerres civiles, avoient été dépoüillez de la plus grande partie de leurs biens meubles & immeubles ? Cet Appellant comme d'abus, pourroit-il avancer que ce même Prélat devoit provoquer le serment de quelques personnes, & les entendre sur des faits dont toute la Ville de Bordeaux rendoit un témoignage public, & dont lui-même avoit une certitude constante & averée ? Enfin, le sieur la Tour peut-il s'imaginer qu'il pourra parvenir à faire resulter un abus de ce que des faits aussi constans, & reconnus tels par une Ville entiere, n'auroit point été de nouveau soumis à la déposition de quelques témoins ? Les informations & les enquêtes dans les unions, n'ont été introduites que pour se mettre en garde contre les suppositions de ceux qui chercheroient à surprendre la religion du Superieur Ecclesiastique ; mais lorsque les causes qui en ont été les motifs sont aussi notoires & aussi publiques dans toute Ville, & même dans toute une Province, que celles qui ont été le fondement de l'union dont il s'agit, l'on soûtient, & il est vrai, que les informations ne sont point nécessaires, d'autant que ces sortes de procedures n'ont d'autre objet que d'aider le Superieur Ecclesiastique, dans le cas où il peut en avoir besoin pour instruire sa Religion, & asseoir son jugement avec connoissance de cause.

C'est ce qui a été solemnellement décidé par un Arrêt celebre rendu au Grand Conſeil le 31. Decembre 1666., il s'agiſſoit du Prieuré de Cabrieres, ſitué dans le Diocéſe d'Aix ; ce Benefice ayant vacqué par mort au mois d'Août 1664., le Promoteur de l'Archevêché d'Aix preſenta le 21. du même mois une Requête à M. le Cardinal Grimaldy, lors Archevêque de cette Metropole, à l'effet qu'il lui plût faire l'union de ce Prieuré au Seminaire de ſon Diocéſe ; le lendemain 22., ce Prélat rendit ſon Ordonnance, portant qu'il feroit l'union, & le même jour le Decret fut expedié.

L'appel comme d'abus en ayant été porté au Grand Conſeil par le ſieur Balthaſar, comme tenant l'indult de M. Balthaſar, Me. des Requêtes ſon frere, l'on fit beaucoup valoir le défaut d'information de commodité ou incommodité ; ce Tribunal n'y eut point d'égard, & l'union fut confirmée ſur les principes qui viennent d'être remarquez. L'Arrêt ſe trouve raporté dans le 2. tome des nouveaux Memoires du Clergé, page 811.

Soefve dans ſes queſtions notables, tom. 1. cent. 3. chap. 16., rapporte un Arrêt rendu au Parlement de Paris le 31. May 1649., où l'on voit que cette Cour ne fut pas plus touchée du défaut d'enquête *de commodo vel incommodo*, que l'on oppoſoit contre une union faite au Chapitre de Champeaux, laquelle avoit été approuvée par M. le Cardinal de Gondy, lors Archevêque de Paris ; & ce Parlement par Arrêt du 30. Avril 1725. intervenu ſur les concluſions de M. d'Agueſſeau, aujourd'hui Conſeiller d'Etat, a jugé la queſtion dans les mêmes maximes, au ſujet d'une union qui avoit été faite par M. l'Evêque de Clermont, à la Communauté des Prêtres Miſſionnaires de ſon Diocéſe ; le moyen principal de l'Appellant comme d'abus étoit fondé ſur ce qu'il n'y avoit point eu d'information préalable ; M. l'Avocat Général fit obſerver le peu de cas qu'on devoit faire de cette objection dans les circonſtances d'une union qui ſe trouvoit faite par un Evêque, d'une Egliſe de ſon Diocéſe, à une Communauté du mê. me Diocéſe ; & conformement aux principes plaidez par ce Magiſtrat, l'union fut confirmée.

Un grand nombre d'autres Arrêts ſemblables, ont été rendus dans differens Tribunaux ; mais quand même la Juriſprudence ne ſeroit pas auſſi conſtante, le défaut d'enquête ne pourroit jamais être valablement oppoſé dans l'état de l'union qui eſt conteſtée, puis qu'il y avoit un procès verbal juridique rédigé en 1650., par le Lieutenant Général en la Senéchauſſée de Guienne, lequel Acte eſt préciſément énoncé dans le Decret de M. l'Archevêque de Bordeaux ; il y a plus, c'eſt que le Grand Conſeil avant d'enregiſtrer les Lettres Patentes du mois de Juillet 1653., ordonna d'office une information ſolemnelle de commodité ou incommodité, qui eſt viſée dans ſon Arrêt du 14. Juillet de l'année ſuivante ; & il eſt à obſerver que ces Lettres ne furent point adreſſées à cette Cour par entrepriſe de Juriſdictions, mais ſur ce que les Feüillans, ſuivant leurs Bulles reçûës & autoriſées dans le Royaume, devoient jouir de tous les mêmes privileges accordez à l'Ordre de Citeaux.

Si l'on réünit à ces enquêtes le procès verbal fait au mois de Mars 1655. par le Commiſſaire de M. l'Evêque de Bazas, où le triſte état

D

& l'indigence du Monaftere des Feüillans paroît dans la derniere évidence (ce qui donne à connoître qu'elle pouvoit être fa fituation au mois de Juillet 1653.) il s'enfuit que quand il ne s'agiroit pas d'une union faite par l'Evêque, d'une partie des fruits d'un Benefice de fon Diocéfe, à une Communauté Religieufe du même Diocéfe, le défaut d'enquête ne feroit point recevable après des informations tant de fois réiterées ; ainfi à plus forte raifon le prétendu moyen d'abus que le fieur la Tour a voulu élever fur un fondement auffi peu folide, ne peut être que juftement méprifé.

Les Intimés feroient même en droit d'oppofer encore l'execution paifible de cette Union, pendant près de 80. ans, puifque dans le langage de toutes les Loix Civiles & Canoniques, une poffeffion de 50. années, doit être fuffifante pour purger tous les vices de procedure & de folemnités, comme l'a bien remarqué Dumoulin dans fon Confeil 44., dont on a parlé ci-deffus ; à quoi l'on peut ajoûter les Lettres Patentes du mois de Mars 1706., regiftrées en la Cour au mois d'Avril fuivant, par lefquelles le Roy Louis XIV., a de nouveau confirmé les differentes Unions de Benefices, faites au Monaftere des Feüillans de la Ville de Bordeaux, voulant que les fruits en dépendans foient & demeurent incorporés à cette maifon, fans qu'ils puiffent y être troublés, fous quelque pretexte que ce foit, nonobftant tous défauts de formalités, fi aucuns y avoit, dont ils ont été expreffement relevés & difpenfés.

TROISIE'ME CHEF.

Le veritable Tituaire du Benefice a confenti à l'Union, il n'y a ni Simonie ni confidence dans fon confentement.

Suivant le droit Canonique, l'Union peut être valablement faite fans le confentement du Titulaire, ce ne feroit pas même une nullité, fi les chofes avoient été confommées fans l'apeller ; telle-eft la difpofition du chap. *Si una*, qui eft un Decret du Concile de Vienne raporté dans les Clementines, *lib. 3. de reb. Ecclef. non aliena.fi una Ecclefia alteri Ecclefiæ feu dignitati alicui vel Præbendæ, per Epifcopum, fuo confentiente Capitulo, uniatur, aut Religiofo loco donetur, ex eo quod rector ipfius ad hoc vocatus, vel fi vacabat, deffenfor ei fuper hoc datus non extitit, ne quaquam id poterit impugnari ;* le motif de ce Decret eft fondé fur ce que l'Union fe fait fans porter préjudice au Titulaire, la joüiffance des fruits devant lui être refervés pendant fa vie.

Jean Galli, (ou le Coq,) qui étoit Avocat General au Parlement de Paris, fur la fin du quatorziéme fiécle, *quæft. 267.*, dans Dumoulin tom. 2. pag. 604., approuve la difcipline établie par le Chapitre, *fi unâ*, il en rend cette raifon, *cum talis unio fiat fine præjudicio illorum qui tenent Beneficia, non eft neceffe quod eis infinuetur.*

Rebuffe *in praxi*, fur la regle de Chancellerie, *de unionibus glof. 11. num. 8.*, foûtient auffi que le confentement du Titulaire eft inutile, & qu'il n'eft pas même neceffaire de l'apeller, *non requiritur confenfus rectoris*, dit cet Auteur, *fed fi ad fuam vitam non præjudicatur, ideo non vocatur, nec ei infinuanda eft dicta unio.*

Pinfon dans fa Note, fur le chap. *fi una*, n'a point contredit la dif-pofition de cette Clementine, il ajoûte feulement *dum modo unio non fortiatur fuum effectum, nifi poft mortem rectoris.*

Les ufages du Royaume font entierement conformes à la Doctrine de ces Canoniftes, par raport à l'inutilité du confentement du Titu-laire; l'on eftime au furplus qu'il peut être apellé pour la conferva-tion de fes droits, mais s'il ne fe prefente point, c'eft une Jurifpru-dence inconteftable, qu'il eft permis de paffer outre, fuivant ces re-gles. Me. Vaillant dans fes obfervations fommaires, fur Mr. Louet, *num.* 173. de la regle, *de publicand. refignat.* a fait cette Note, qui eft con-forme à la difcipline de l'Eglife de France, *poteft unio fieri invito be-neficiato, modo ei referventur fructus durante vitâ.*

Que l'on parcoure les Ordonnances de nos Rois, qui ont prefcrit des Reglemens fur les formalités des Unions, l'on ne trouvera pas que le Titulaire foit compris au nombre de ceux dont le confente-ment peut être neceffaire; l'art. 23. de l'Ordonnance de Blois, & l'art. 18. de l'Edit de 1606., ne parlent que du confentement des Colla-teurs, & des Patrons, fi les Benefices font en Patronage Laïcqs.; le Concile de Trente, *Seff.* 24. *cap.* 15. *de reform.* avoit reglé la même chofe, *cum Patronorum confenfu, fi de jure Patronatus Laïcorum fint;* en forte que dans nos mœurs l'on peut même valablement proceder aux Unions des Benefices, fans le confentement des Patrons Eccle-fiaftiques.

Il eft pareillement inconteftable, qu'un Benefice pourroit être le-gitimément uni, dans le tems qu'il eft vacant; ce qui eft précifement établi dans le chap. *fi una*, aux Clementines, *lib.* 3. *tit.* 4. & l'apli-cation en devient encore plus particuliere dans les Unions qui font faites par l'Evêque, d'autant que l'ordinaire étant le premier Pafteur de fon Diocéfe, il eft regardé en cette qualité comme le défenfeur de toutes les Eglifes qui en font partie, & l'on préfume toûjours que ce qu'il peut avoir fait, n'a été que pour la plus grande utilité de l'E-glife, & l'avantage du Diocéfe.

Ces maximes étant préfuppofées, il s'enfuit qu'il feroit affez indif-ferent, que le Titulaire de la Cure de Moulon, eut donné fon con-fentement à l'Union, ou qu'il n'y eut point confenti, puifqu'il n'y au-roit ni abus, ni nullité, quand même elle auroit été faite, *etiam in-vito beneficiato*, en lui refervant la joüiffance des fruits pendant fa vie, il ne faut au furplus que jetter les yeux fur le Decret de M. l'Arche-vêque de Bordeaux, pour voir qu'il n'a été rendu qu'avec l'exprès confentement de celui qui étoit alors pourvû de ce Benefice, *de ex-preffo confenfu Magiftri Petri de Sauffay, dictæ Ecclefiæ Parochialis moder-ni rectoris*; l'Acte de cet acquiefcement paffé devant Notaire à Paris, le 9. Juin 1653., fe trouve même raporté, de maniere qu'il ne peut à ce fujet y avoir de difficulté.

Mais, dit-on, 1°. Le fieur du Sauffay, pourvû de la Cure de Mou-lon en 1650., a été inftalé Chanoine dans l'Eglife Collegiale de St. Emilion, le 7. Février 1651., par confequent y ayant incompatibilité entre ces deux Benefices , la Cure étoit vacante de droit en 1652., du moment que l'acceptation d'un second Benefice incompatible , doit faire vaquer le premier , tout au moins après l'année d'option ; d'où l'Apellant comme d'abus veut conclure , que le sieur du Sauffay n'a pû légitimément consentir à l'union , puisqu'il ne devoit plus être regardé comme Titulaire de la Cure de Moulon en 1653.

2°. Tout ce qui s'est passé dans cet Acte de resignation , est simonia-que , continuë le sieur la Tour , ce qui doit emporter la nullité du Decret de Mr. l'Archevêque de Bordeaux , lequel est relatif à ce con-sentement ; car il n'étoit pas permis au sieur du Sauffay , qui n'avoit point défservi cette Eglise Paroiffiale l'espace de 15. années , de se re-ferver aucune pension sur les revenus de ce titre , & encore moins le surplus des fruits , déduction faite de ce qui devoit être attribué , tant pour la subsistance & l'entretien du Vicaire Perpetuel , que pour l'acquit des charges de ce Benefice ; enfin , dit-on , c'est une simonie & une confidence , d'avoir stipulé la faculté de rentrer dans cette Cu-re , au cas que l'union n'eut point d'effet , ou qu'elle vint dans la suite a être declarée nulle ; l'on ajoûte que M. l'Archevêque de Bordeaux n'a pû recevoir sans abus un tel traité , ni lui donner execution par raport à la reserve des fruits ; il semble même que l'on voudroit soû-tenir qu'il n'y a que le Pape , qui eut pû vablement autorifer les con-ditions exprimées dans cet Acte de resignation pour cause d'union.

Qu'il soit permis de dire , sans blesser le respect dû à la Cour , qu'il ne s'est jamais rien proposé de plus miserable que ce que débite ici l'Appellant comme d'abus ; l'on ne craint pas même d'avancer que c'est la premiere fois que l'on a vû hazarder de pareilles propositions ; l'on ne dit pas dans les Cours Souveraines , mais dans les Justices les plus basses ou les plus obscures ; & quoique de tels égaremens ne devroient meriter qu'un souverain mépris , les Intimez veulent bien neanmoins suivre encore le sieur la Tour , pour lui faire sentir tout le poids de ses erreurs.

3°. Comme l'union pouvoit être non-seulement faite sans le con-sentement du Titulaire , mais encore dans le cas même où ce Bene-fice auroit été vacant , il importe peu que le sieur du Sauffay fût en même-tems pourvû d'une Prebende dans l'Eglise de saint Emilion , & il est assez inutile d'examiner s'il y a eu ou non , quelque vacance à l'égard de l'un ou de l'autre des deux Benefices ; d'ailleurs le prin-cipe du Droit Canonique Romain , *per affecutionem secundi incompati-bilis vacat primum* , n'est point d'usage dans le Royaume , où l'on ac-corde aux Pourvûs de Benefices incompatibles une année pour fixer leur choix , à compter du jour de la posseffion paisible , & même il est certain dans nôtre Jurisprudence qu'après l'année d'option expi-rée , le Pourvû de Benefices incompatibles , n'a pas pour cela les mains liées , il est consideré comme Titulaire , il peut toûjours vala-blement se démettre ou resigner en faveur , tant qu'il n'est point dé-voluté , ou que le Collateur n'a pas mis la main sur le Benefice.

2°. L'on ne sçait pas si le sieur du Sauffay étoit paisible poffeffeur du Canonicat de St. Emilion , au contraire en raprochant la date de

son

son inftallation dans cette Eglife (que l'on dit être du 7. Fevrier 1651.)
il y a tout fujet de croire que cette Prebande avoit vaqué dans le mois
de Janvier, mois affectés aux Gradués de rigueur, fuivant le Con-
cordat de Leon X., ce qui fans doute avoit donné lieu à des longues
conteftations, qui pouvoient n'être point terminées en 1653., l'on
ignore pareillement, fi ce Titulaire de la Cure de Moulon n'avoit point
obtenu quelque Difpenfe revêtuë des formes requifes; car fuivant l'art. 5.
de l'Ordonnance d'Orleans, la poffeffion de plufieurs Benefices incompatibles avec Difpenfe, étoit autorifée, cette Loi veut feulement que
les " pourvûs de tels Benefices, foient tenus de commettre des Vi- "
caires de bonne vie mœurs, & fuffifance, à chacun defquels il foit "
affigné telle portion du revenu du Benefice qui puiffe fuffir pour fon "
entretenement, „ faute de quoi l'on enjoint à l'Evêque Diocéfain d'y
pourvoir.

Il eft même à remarquer que les Reglemens qui font intervenus
depuis cette Ordonnance, par raport à l'incompatibilité des Benefices, n'ont été en quelque maniere fixés que par la Declaration de 1681.,
auffi voit-on dans le procès Verbal de l'Affemblée du Clergé de France, tenuë à Pontoife en 1670., page 214. & 215., qu'il y avoit eu
des reprefentations faites à Sa Majefté, au nom du Clergé, en 1668.,
de ce que dans differens Diocéfes, & principalement dans celui de
Cahors, plufieurs Ecclefiaftiques retenoient jufqu'à trois ou quatre
Cures ; ces plaintes réiterées dans les années fuivantes, ont enfin porté le Roy Loüis XIV., à donner la Declaration du 7. Janvier 1681.,
par laquelle il a été reglé, qu'à l'avenir ceux qui feroient pourvûs de
deux Benefices incompatibles, foit qu'il y ait procès, ou qu'ils les pof-
fedent paifiblement, ne pourroient joüir que des fruits du Benefice,
où ils refideroient actuellement, & feroient le fervice en perfonne ;
d'où il fuit, que quand même il feroit prouvé par l'Apellant, que le
fieur du Sauffai en 1651. étoit paifible poffeffeur de la Prebende de St.
Emilion, & qu'il n'avoit point de Difpenfe pour tenir deux Benefices
incompatibles, mal à propos l'on voudroit encore fonder un moyen
d'abus fur un ufage, qui n'étoit point abfolument condamné, puifqu'a-
vant 1681., il n'y avoit aucune Loi contraire regiftrée dans les Cours
du Royaume.

3°. Il n'y a ni confidence, ni fimonie dans les conditions appofées
par le fieur du Sauffay, dans fon Acte de refignation du 9. Juin 1653.,
il faut faire une grande difference, entre les referves de penfions ftipulées par des refignations en faveur, qui n'ont d'autre objet que l'interêt des particuliers, d'avec celles qui font faites par des refignations
pour caufe d'unions ; l'on convient que dans la difcipline prefente les
premieres doivent être admifes & créées par le Pape, elles ne peuvent
même exceder le tiers du revenu, lorfqu'il s'agit de Benefices à charge d'Ames, ou qui demandent refidence, & c'eft à ces feules penfions
que s'aplique l'Edit du mois de Juin 1671., qui requiert à cet effet 15.
années de fervice, où l'état d'une infirmité notable, connuë & atteftée
par l'Ordinaire ; mais à l'égard des penfions refervées par des Bene-
ficiers, qui ne refignent leurs Titres, que pour procurer à l'Eglife une

E

union que l'on préfume lui devoir être utile & avantageufe, l'on n'a jamais contefté l'autorité des Evêques de recevoir telles refignations, de même qùe d'admettre & créer les penfions ftipulées par les Refignans, lefquelles en pareil cas, peuvent monter jufqu'à la totalité des fruits, d'autant que dans les unions, le Titulaire ne peut être dépoüillé de la joüiffance, à moins qu'il ne faffe une ceffion de fes droits.

Auffi tous nos Canoniftes conviennent que dans ces circonftances, bien loin que le pouvoir des Evêques puiffe être limité, ils font autorifez à faire généralement tout ce qui eft de la fuite, ou dépendance de l'union, parce que c'eft à lui qui eft Juge de l'affaire principale, à ftatuer fur ce qui peut en être un acceffoire, une confequence : *Cui jurifdictio data eft, ea quoque conceffa videntur five quibus jurifdictio explicari non potuit, leg. 2. ff. de jurifd. omnium jüdicum* ; ce qui eft confirmé par le Pape Celeftin III. dans le chap. *Prudentiam §. fexta nobis, de offic. & poteft. judi. delegat.*

Dumoulin fur la regle *de publican. refigna. num.* 175., établit ces maximes avec beaucoup de folidité ; cet Auteur après avoir parlé des unions dans le nomb. 174. s'explique de cette maniere : *Et hic eft fpecialis cafus in quo poteft Ordinarius admittere refignationem in favorem, etiam conditionalem, quia hic nulla fimonia, nulla vetita aut fufpecta nundinatio verfatur, fed Ecclefiæ jurifque communis favor ubi fpecialiter ad Epifcopum Diæcefarum fpectat hujufmodi uniones facere, & confequenter ad hoc requifita & dependentia expedire, ut refignationes in favorem, vel etiam creationi & conftitutioni penfionis compenfatoriæ authorari ; nec opus eft recurrere ad Papam vel Legatum, quia hic nulla labes nullus quæftus privatus verfatur nec fufpicatur.*

M. Loüet dans fes obfervations fur ce nombre de Dumoulin, y eft entierement conforme, auffi bien que Me. Vaillant dans la note qu'il a faite fur cet endroit de M. Loüet, où cet illuftre Avocat rend compte de l'ufage inconteftablement fuivi à cet égard dans l'Eglife de France ; Solier fur Paftor *lib.* 3. *tit.* 11., foûtient auffi cette difcipline, qui fe trouve adoptée par tous nos Auteurs François ; les Canoniftes qui ont même été les plus attachez à favorifer l'autorité du Pape, par rapport à la création des penfions fur les benefices, ne conteftent point ce pouvoir des Ordinaires : Gigas dans fon Traité *De penfionibus Ecclefiafticis, quæft.* 6. *num.* 2., convient que les Evêques peuvent de leur autorité créér des penfions fur les fruits d'un Benefice dans tous les cas où il s'agit de procurer quelque utilité à l'Eglife.

4°. Il n'y a pareillement aucune fimonie, en ce que le fieur Dufauffay par fon Acte de refignation s'eft refervé la faculté de rentrer dans cette Cure, au cas que l'union ne fût point executée, ou qu'elle vînt à être declarée nulle ; cette ftipulation qui feroit même fuppléée de droit, eft très-permife & très-legitime ; c'eft une fuite de la claufe, *nec alias, nec aliter, nec alio modo*, qui eft de ftile dans toutes les refignations ; ce qui a été doctement expliqué par M. Loüet, fçavant Confeiller Clerc au Parlement de Paris, & ancien Agent du Clergé de France, dans fes remarques fur la regle *de publican. refignat.*

nom. 175., où cet Auteur après avoir exposé qu'une réserve de cette qualité se trouvant faite dans une résignation pour cause d'union, il n'y a rien d'illicite, de simoniaque, ni contre les bonnes mœurs, s'énonce en ces termes, *effe
ctus autem hujus conditionis erit unione suum non sortità effectum, possit Resignans etiam sine novâ collatione repetere Beneficium ideo si annullata sit unio ex defectu solemnitatis aut alias, poterit Resignans sub eâ conditione ejuratum repetere Beneficium*, ce Magistrat conseille même à ceux qui résigneroient leurs Bénéfices, pour de telles causes, d'avoir attention que leurs Notaires n'oublient pas d'inserer dans l'Acte de Résignation la clause, *nec alias nec aliter*, afin d'en tirer avantage, au cas que l'union vînt dans la suite à n'avoir point d'effet ; & comme cette reserve est d'ailleurs de droit, quand elle ne seroit pas exprimée, Me. Vaillan dans sa Note sur cet endroit de Mr. Louet, a crû devoir avertir ceux qui auroient envie d'impetrer des Benefices unis, de bien prendre garde que le Resignant soit décédé, *caveant igitur qui Beneficium ex defectu unionis impetrare volunt, ne resignans, ad huc vivat, nam si unio abusiva declararetur posset repetere Beneficium*.

QUATRIE'ME CHEF.

Il n'étoit pas necessaire d'appeller les Habitans de la Paroisse de Moulon ; il y a lieu de prétendre au surplus qu'ils ont donné leur consentement.

Lors qu'il s'agit de supprimer une Cure, ou d'en changer l'état au préjudice des Paroissiens, c'est le cas où l'on pourroit soûtenir qu'il y auroit quelque justice de les appeller, puisque leurs interêts se trouvant blessez, il peut convenir qu'ils soient entendus ; mais quand l'union qui se fait sous l'autorité de l'Ordinaire, loin d'être préjudiciable aux Habitans, leur devient au contraire avantageuse, en leur procurant des secours qu'ils n'avoient point auparavant ; il est des premiers principes, qu'il n'y a point de nécessité de les appeller ; l'on est d'ailleurs persuadé que les Evêques en qualité de pasteurs sont chargez de veiller aux interêts de leurs Diocésains, & l'on présume de leur attention qu'ils ne manqueront pas de conserver ce qui peut être pour le bien de la Paroisse.

Plusieurs Canonistes ne font pas même cette distinction, estimant en quelque maniere, que dans tous les cas, il n'est point necessaire d'appeller les Habitans, *plebs etiam ad unionem non debet vocari*, dit Rebuffe sur la regle de *unionibus gloss.* 11. num. 11.; Beng & Pinson, *de unione beneficiorum*, S. 5. *num.* 15., après avoir observé que le consentement des Paroissiens est inutile, sont d'avis que si neanmoins ils se presentent, il faut les entendre, *verum si unioni intercedere velint audiendi sunt* ; ce qui exclut par consequent l'obligation de les appeller ; un grand nombre d'autres Auteurs ont écrit pour ce sentiment.

Il faut au surplus bien remarquer que ce n'est point ici, à proprement parler, une union de Cure ; l'on ne donne aux Feüillans, ni la desserte de la Paroisse, ni la qualité de Curez Primitifs, ni le droit de Patronage ; l'Eglise de Moulon est conservée dans son état d'Egli-

se Paroiffiale ; le Paftéur qui doit être de la pleine inftitution des Archevêques de Bordeaux y eft établi en titre , avec une penfion confi-
derable qui doit lui être annuellement fournie fur les revenus de ce
Benefice, franche & quitte de toutes charges ; & les Feüillans font
obligez d'envoyer à leurs frais un de leurs Religieux , ou un autre
Prêtre feculier dans le tems de la Pâque , & autres jours folemnels ;
non pas pour y exercer des droits honorifiques , mais pour aider le
Titulaire dans l'adminiftration des Sacremens & du Service Divin :
difons donc que ce n'eft point veritablement une union de Cure , mais
fimplement l'application faite au Monaftere des Feüillans d'une portion des fruits de cette Cure , que le Titulaire auroit pû employer à
d'autres ufages , peut-être moins avantageux , & moins édifiant pour
l'Eglife.

Dans de telles circonftances , ne pourroit-on pas demander avec
raifon à l'Appellant comme d'abus , où peut être le préjudice porté
aux Habitans de cette Paroiffe , dont l'on puiffe conclurre qu'ils devoient être appellez ? N'eft-il pas évident au contraire qu'ils ont trouvé leur avantage dans cette union , d'autant que M. l'Archevêque de
Bordeaux , non feulement leur a donné un Pafteur en titre , comme
ils l'avoient auparavant ; mais encore leur a procuré de nouveaux fecours fpirituels , dont ils étoient privez avant l'union , y ayant de plus
un Vicaire , dont les Intimez payent la portion congruë , fans compter les aumônes & fecours temporels que les Feüillans ne manquent
pas de faire diftribuer dans cette Paroiffe ; auffi voit-on que ces Habitans ont été bien perfuadez qu'ils auroient plaidé contre leurs interêts , s'ils s'étoient laiffez entraîner aux vives follicitations que le fieur
la Tour a pû leur faire pour les engager dans une intervention ; ce
qui rend par confequent ce prétendu moyen plus frivole encore , puifque les perfonnes dont l'Appellant comme d'abus voudroit faire valoir les droits , ne fe plaignent point , & demeurent dans le fi-
lence.

Les Arrêts que le fieur la Tour a voulu jetter au hazard pour éta-
yer ce prétendu moyen d'abus , ne conviennent nullement à la caufe ;
il eft aifé de voir dans celui du 31. May 1660. , rendu au Parlement
de Paris , contre l'union de Cure d'Evrolles , faite au Chapitre de
Brinon , que les interêts des habitans fe trouvoient extrêmément lé-
zés , cette Cure , dont l'union renfermoit d'ailleurs bien d'autres défauts , avoit été réellement unie à ce Chapitre , qui fe contentoit d'envoyer de fimples Prêtres à gage , pour deffervir cette Paroiffe ; les habitans étoient même les parties principales dans l'apel comme d'abus ,
& celui qui avoit impetré la Cure en Cour de Rome , ne faifoit fonc-
tion que de partie intervenante.

L'Arrêt rendu en la Cour le 31. May 1726. contre l'union de la
Cure de Gironde , faite au Chapitre de la Réole , n'a pas plus de raport que le precedent , puifque fuivant les circonftances qui en ont été
rapellées avec exactitude par les Feüillans , cette union avoit été con-
fommée par M. l'Evêque de Bazas , au préjudice de l'oppofition for-
melle

melle des habitans , lefquels cinq mois après le décret, en interjetterent appel comme d'abus.

Enfin quand il feroit permis de fuppofer que dans les unions de la qualité de celle dont il s'agit, les Paroiffiens devoient être apellés ; le fieur la Tour pourroit-il jamais fe flater de faire réuffir dans aucun Tribunal du Royaume , ce prétendu moyen d'abus , après ce qui s'eft paffé au Grand Confeil, où par Arrêt du 30. Septembre 1653. il fut ordonné qu'avant faire droit fur l'enregiftrement des Lettres Patentes confirmatives, les habitans de la Paroiffe de Moulon feroient appellés , & les Lettres à eux communiquées pour y dire ce qu'ils aviferoient : en forte que ces Paroiffiens ayant en confequence donné leur confentement par un Acte particulier , qui fe trouve vifé dans l'Arrêt diffinitif rendu dans le même Tribunal en 1654., l'on ofe dire que s'il y avoit eu à cet égard quelque défaut lors du Décret d'union , il auroit été bien réparé par les Procedures ordonnées d'Office au Grand Confeil , avant d'en confirmer l'execution.

Il feroit d'ailleurs très-indifferent , que ce confentement ne foit intervenu qu'après le Decret de l'Evêque , car le principe eft certain que fi les parties intereffées , dont le confentement peut être neceffaire pour la validité d'une union , viennent à confentir dans la fuite , & même dans un tems éloigné de la date du Decret , *tunc confinfus trahitur ad diem datæ Decreti* , parce que cette approbation , quoique pofterieure à l'Acte qui devoit en être l'objet , reçoit toûjours un effet rétroactif , *ifte confenfus poteft intervenire ab his quorum intereft , & ante unionem , & poft eam , etiam ex intervallo* , comme le remarque Rebuffe fur la Regle de Chancellerie , *de unionibus glof.* 11. *num.* 20., où il cite une foule de Docteurs qui ont écrit pour ce fentiment ; l'Illuftre Mr. Boyer qui avoit l'honneur d'être Prefident en la Cour , a foûtenu la même Doctrine dans fes décifions , *quæft.* 345. *num.* 4. , où ce fçavant Magiftrat établit auffi que l'union d'une Cure peut être valablement faite , *non vocato rectore , nec vocatâ plebe* , il ajoûte nom. 5. que ces principes furent fuivis par la plus grande partie de Meffieurs , dans l'Arrêt rendu au mois de Juillet , ou au mois d'Août 1526. , dans la caufe de l'union de la Cure , (*de Fractojove*) , qui avoit été faite par l'Evêque de Perigueux à la Manfe Abbatiale de l'Abbaye de Boufchaud , Ordre de Citeaux.

Sans fondement le fieur la Tour s'eft imaginé pouvoir affoiblir le confentement donné par les habitans de Moulon , en faifant fignifier une copie collationnée d'un Acte , que l'on dit avoir été paffée au mois de Novembre 1653. , dans lequel il ne fe trouve que fept ou huit habitans dénommez avec le Sindic de la Paroiffe ; car quand même l'on prouveroit que cette piece feroit le veritable Titre du confentement donné par les Paroiffiens , elle feroit fuffifante ; puifqu'il eft dit que ces habitans affemblés à l'iffuë de la grande Meffe , avoient declaré , tant par eux que par leur Sindic , qu'ils confentoient à l'union , donnant pouvoir de le declarer par tout où befoin feroit ; perfonne n'ignore que dans les Actes de cette qualité , il n'eft point d'ufage de raporter les noms de tous ceux qui pouvoient être prefens lors de la délibe-

F

ration, l'on se contente d'en énoncer seulement un certain nombre
avec le Sindic, dont la place le met en état de rendre compte des
suffrages de la Communauté ; ainsi cette piece produite par le sieur
la Tour dans un mauvais dessein, devient au contraire avantageuse à
l'union, d'autant qu'elle assure qu'il y a eu de la part de ces habitans
un veritable consentement, contre lequel personne n'a reclamé depuis
près de 80. ans.

CINQUIE'ME CHEF.

*Quoique Mr. l'Archevêque de Bordeaux ait rendu son Decret d'union dans
la Ville de Paris, ce Prélat n'étoit point dans l'obligation d'obtenir
Lettres de Territoire de l'Ordinaire de ce Diocése.*

L'on divise ordinairement la Jurisdiction Ecclesiastique en volontaire, & celle que l'on apelle contentieuse, lorsqu'il s'agit de quelque
instruction judiciaire, comme de recevoir des oppositions, entendre
des témoins, ordonner que certaines personnes seront assignées, &c.
Il est certain que le Juge d'Eglise, se trouvant hors du Diocése où
se borne sa Jurisdiction, ne peut y proceder sans avoir obtenu territoire, autrement il y auroit entreprise de la part de ce Superieur
Ecclesiastique ; mais l'on n'a jamais revoqué en doute, qu'un Evêque
ne puisse valablement exercer sa Jurisdiction volontaire dans tous les
lieux où il peut se trouver, comme d'aprouver des Confesseurs
pour son Diocése, donner des dimissoires, conferer les Benefices qui
dépendent de sa collation ; en un mot faire tous les Actes qui sont
une suite ou une dépendance de la Jurisdiction gracieuse ; & comme
les Decrets qui interviennent sur les unions des Benefices sont de cette
qualité, puisque les Evêques (qui dans l'usage le plus ordinaire du Royaume ne sont point autorisés à connoître du contentieux, même dans
le cas d'une union) peuvent neanmoins rendre le Decret après que
le contentieux a été jugé dans leur Officialité ; il s'ensuit que ces Actes
étant regardés comme faisant partie de la Jurisdiction volontaire, ils
peuvent être exercés par les Prélats hors de leurs Diocéses, sans prendre à cet effet aucune permission : & si l'on voit que dans pareilles
occasions quelques Evêques ont neanmoins demandé des Lettres de
Territoire, ces exemples en petit nombre, doivent être plûtôt con-
siderés comme des démarches de civilité & de bienséance, que comme une necessité, dont puisse dépendre la validité du Decret d'union.
Au surplus quoique l'usage de ne point demander en pareil cas des
Lettres de Territoire soit incontestable, & fondé sur les principes qui
viennent d'être observés, il n'y auroit jamais lieu de faire ici cette
objection, attendu que dans les Lettres Patentes accordées par le Roy
Loüis XIV. en 1653., pour la confirmation de cette union, il est
expressement dit, (que Sa Majesté veut qu'elle sorte son plein & en-
tier effet, nonobstant qu'elle soit faite par le sieur Archevêque de
Bordeaux hors de son Diocése.) Après une telle disposition, qui pourroit douter que dans le cas même où les Lettres de Territoire au-

roient été indifpenfablement requifes , ce défaut n'auroit jamais pû légitimément être propofé , puifqu'il n'eſt pas permis de contefter que l'étenduë & le reffort des Jurifdictions , ne dépendent de la volonté du Roy , qui eſt le maître par confequent de donner Territoire dans fon Royaume à qui bon lui femble.

SIXIE'ME CHEF.

Le confentement du Chapitre de l'Eglife Cathedrale n'étoit point neceffaire.

Quelques Auteurs ultramontains ont avancé dans leurs ouvrages , que les Evêques ne pouvoient unir les Benefices de leurs Diocéfes , fans le confentement du Chapitre de l'Eglife Cathedrale ; ils établif-fent cette opinion fur le chapitre *Paftoralis , de his quæ fiunt à præl.* , & fur la clementine *Si una, de reb. Ecclef. non. alienand.* , regardant l'u-nion comme une efpece d'alienation.

Ce fentiment n'a point été reçû dans l'ufage le plus ordinaire de l'Eglife de France , où l'on diftingue feulement les Benefices qui font fondez dans l'Eglife Cathedrale , d'avec les autres Benefices du Dio-céfe , qui peuvent être de la collation , ou pleine difpofition de l'Evê-que : l'on convient qu'à l'égard des Benefices de l'Eglife Cathedrale , il pourroit y avoir quelque forte de raifon de demander l'agrément du Chapitre , quand même l'Evêque feroit le plein Collateur de ces titres , parce qu'il s'agit de faire un changement dans une Eglife qui eſt commune & au Prélat & aux Chanoines de fa Cathedrale ; en-core a t-il été décidé , que fi la refiftance du Chapitre étoit fans fon-dement , l'Evêque pouvoit paffer outre , & proceder à l'union ; c'eſt ce qui a été jugé au Parlement de Paris en l'Audience de la Grand-Chambre le 13. Decembre 1688. , fur les conclufions de M. l'Avo-cat Général Talon , au fujet de l'appel comme d'abus qui avoit été in-terjetté par le Chapitre de l'Eglife de Laôn , de l'union que M. l'E-vêque avoit faite d'un Canonicat , pour augmenter le revenu de la Prebende Theologale.

Journal des Au-diences tom. 5. liv. 4. ch. 29.

Mais par rapport aux unions qui concernent les autres Benefices du Diocéfe , les Evêques ne font obligez , ni de confulter leurs Chapitres , ni d'en obtenir le confentement ; l'intereſt que le Chapitre de l'Egli-fe Cathedrale peut avoir dans la collation de ces Benefices pendant la vacance du Siége Epifcopal , eſt un droit trop éloigné , autrement il faudroit dire qu'il feroit d'une égale néceffité d'obtenir le confente-ment des Graduez , Indultaires , & autres qui joüiffent d'expectati-ves qu'ils pourroient faire valoir fur les Benefices que l'on propoferoit d'unir.

Auffi l'art. 22. de l'Ordonnance de Blois , qui autorife les Evêques dans les unions des Cures , ne parle point du confentement du Cha-pitre de la Cathedrale , non plus que le Concile de Trente , *feff.* 24. *de reform. cap.* 13. , où ce Concile donne pouvoir aux Evêques , par rapport aux Cures qui ne feroient pas d'un revenu fuffifant , d'y unir d'autres Benefices feculiers.

Si cette formalité peut autre fois avoir été suivie dans quelques unions, il est certain que l'usage en a cessé depuis long-tems, comme l'observe Dumoulin dans son conseil 44. num. 3., *prælati communiter istud præscripserunt*, dit cet Auteur, *quod est satis notorium in hoc regno*. Il y a plus, quand même le consentement du Chapitre de l'Eglise Cathedrale, seroit regardé dans certaines circonstances, comme de quelque avantage, ce défaut ne pourroit être opposé par rapport au Diocése dont il s'agit. 1°. Les Archevêques de Bordeaux joüissent d'un Indult du St. Siége, qui leur a été accordé par le Pape Clement V., à l'effet de pouvoir unir les Eglises & Benefices de ce Diocése sans être tenus d'avoir le consentement de leur Chapitre

2°. Nonobstant cette concession l'ancien usage de cette Metropole se trouvoit en ce point conforme à la discipline presente, ainsi que ce Pape qui avoit été Archevêque de Bordeaux, l'atteste précisémen dans son Indult : *Præsertium cum de longâ consuetudine sic fuisse audiverimus observatum & nos etiam observaverimus tempore quo regimini ipsius Ecclesiæ præeramus* ; en sorte que la mauvaise difficulté qu'on a voulu fonder sur le défaut de ce consentement, ne pourroit être regardée que comme méprisable & absolument frivoles.

Si les Feüillans au surplus sont entrez dans la discussion de tous les prétendus défauts de formalitez, dont le sieur la Tour a voulu fabriquer autant de moyens d'abus, ils n'ont eu d'autre dessein que de faire sentir avec la derniere évidence, combien les tentatives de l'Appellant étoient peu solides, remplies de surprises & de déguisémens, opposées même aux vrayes maximes du Royaume ; car les Intimez pouvoient se dispenser d'y répondre, ils avoient deux moyens invincibles à opposer. 1°. Les Lettres Patentes du mois de Mars 1706., registrées en la Cour au mois d'Avril suivant, par lesquelles le Roy Loüis XIV., après avoir de nouveau confirmé l'union dont il s'agit, a précisément ordonné que les Feüillans ne pourroient y être troublez, sous quelque prétexte que ce soit, & nonobstant tous défauts de formalitez, s'y aucuns y avoit, dont Sa Majesté les a relevez & dispensez. 2°. La fin de non-recevoir étoit également sans replique, en consequence de l'execution paisible dont cette union a été soûtenüe depuis près de 80. ans ; surquoi tous les Canonistes conviennent qu'après un tems bien moins considerable, il n'est plus permis de s'égarer dans des recherches aussi éloignées, pour découvrir s'il y a eu quelque défaut, parce qu'alors il est des regles de présumer que toutes les solemnitez ont été observées, comme l'a remarqué Dumoulin dans son conseil 44. num. 7. ; ce sçavant Jurisconsulte nom. 9. soûtient même que si dans une union qui auroit été faite par l'Evêque Diocésain, l'on prouvoit clairement, après 40. années de possession, les défauts de solemnitez & de cause, de maniere qu'il n'y eût plus lieu de s'aider de la présomption, il seroit neanmoins contre toutes les regles de donner quelque atteinte à cette union : *Adhuc*, dit cet Auteur, *nullo modo posset allegari, quia præscriptum fuit quadraginta annorum & plus, & clarum est quod cum titulo sufficiunt etiam solùm quadraginta anni, & ad præscribendum sufficit titulus de se invalidus & insufficiens* ; il
ajoûte

ajoûte que la question fut jugée dans ces principes, par Arrêt rendu au Grand Conseil le 24. May 1535.

Qu'on ne dise pas que ce Docteur n'a entendu parler que d'une union dont le titre n'étoit pas rapporté ; ce seroit imputer gratuitement à ce grand Canoniste une contradiction qui se trouve détruite dans ce lieu même de ses ouvrages ; car num. 6., il décide qu'après un aussi long espace de tems les procedures qui n'étoient point mentionnées dans le Decret de l'Evêque de Perigueux qui avoit fait en 1467. l'union sur laquelle il étoit consulté en 1534. devoient être présumées, *præsumitur solemnitas etiam extrinseca, etiam non enuntiata in instrumento, & præsumitur plus esse gestum quàm scriptum*, ce qui ne peut être appliqué à un Acte qui n'est point représenté ; c'est ce que ce celebre Avocat confirme encore num. 8., où il s'explique ainsi : *Nec obstat quod non apparet de veritate informationis & causa incohata in dictâ unione, nisi per assertionem Episcopi* ; termes qui donnent bien à connoître que le Decret d'union étoit produit.

Et si ce même Jurisconsulte écrit num. 12. que dans d'autres circonstances il a décidé contre l'union de la Cure de Seure, faite au Chapitre de Bezançon en 1494. : *Quia unio erat abusive facta per Papam, quamvis deberet fieri per commissionem ad partes ; tùm ex productione tituli unionis apparebat de vitio & nullitate, &c.* ; ces mots *tum, ex productione tituli*, ne dérangent en aucune maniere ce qu'il venoit d'observer précédemment sur la premiere union, dont le titre étoit également representé ; mais ils ne signifient autre chose dans l'esprit de l'Auteur, sinon que cette union, quoique absolument abusive, en ce qu'elle avoit été faite par le Pape en forme gracieuse & sans commission délégatoire, en France, auroit pû neanmoins subsister par la possession, si la Bulle qui renfermoit une nullité & un abus aussi essentiel contre les maximes fondamentales du Royaume, n'avoient point été rapportées.

Convenons donc que tous les principes établis avec tant de solidité dans le conseil 44. de Dumoulin, ne peuvent être séparez de la cause soûmise à la décision de la Cour ; & quand cet illustre Canoniste auroit prévû le mauvais procès qui devoit être suscité au Monastere des Feüillans, il n'auroit pû lui fournir une consultation plus victorieuse, où l'on voit ce qu'auroit pensé ce grand génie des prétendus défauts imaginez par le sieur la Tour, contre une union, consommée avec connoissance de cause par l'Evêque Diocésain, paisiblement exécutée pendant près de 80. ans.

SEPTIÉME CHEF.

Dans les maximes du Royaume l'union des Cures aux Monasteres n'est point défenduë.

Si l'Appellant comme d'abus s'étoit contenté de dire que les unions des Cures à des Monasteres, ne sont pas si frequentes que celles d'autres Benefices, l'on n'auroit point été choqué de cette proposition ;

G

mais il n'eſt pas permis d'avancer contre les Maximes du Royaume, que dans le cas de neceſſité ou d'utilité, il puiſſe être défendu d'appliquer en faveur d'un Monaſtere les fruits d'une Cure, ou portion d'iceux, déduction faite de ce qui doit être réſervé pour fournir abondamment la ſubſiſtance du Titulaire.

Que le Concile de Trente, ſeſſ. 24. cap. 13. de reform., paroiſſe difficilement approuver les unions d'Egliſes Paroiſſiales à d'autres établiſſemens, non plus qu'aux Abbayes, Monaſteres, Chapitres, & Dignitez des Cathedrales ou Collegiales; ce point de diſcipline devient aſſez indifferent pour ce qui concerne les regles de l'Egliſe de France, où l'on ſçait que les Decrets de reformation publiez dans cette Aſſemblée, n'ont jamais été reçûs; il eſt même à obſerver que lors de la rédaction de l'Edit de Blois en 1579., l'on a réüni dans cette Ordonnance les differens Reglemens de ce Concile, qui pouvoient être convenables à nos mœurs; & l'on ne trouvera dans cette Loy du Royaume aucune diſpoſition qui prononce de telles défenſes, leſquelles auroient éte contraires au bien de l'Egliſe & de l'Etat, y ayant un grand nombre de Diocéſes qui n'ont ſouvent d'autres Benefices que de cette qualité, dont on puiſſe faire uſage pour ſoûtenir les anciens établiſſemens utiles à l'Egliſe, ou pour procurer la dotation de ceux que l'on croit neceſſaire d'ériger pour l'avancement de la Religion & du culte de Dieu; ce qui détruit par conſequent les inductions violentes & forcées que le ſieur la Tour a voulu tirer de l'article 23. de l'Ordonnance de Blois, qui ne renferme aucune excluſion, ni termes prohibitifs par rapport à l'union des Cures, ou partie de leurs revenus, en faveur des Chapitres ou Monaſteres.

Il ſeroit d'ailleurs extraordinaire, de vouloir introduire en France l'obſervation d'un Decret qui n'a même lieu dans les Egliſes d'Italie, que ſous des exceptions ſi étendües, qu'on le peut regarder en quelque maniere comme ſans execution; en effet les Auteurs Ultramontains n'ont pû s'empêcher de remarquer que ce Reglement du Concile n'avoit point d'aplication dans tous les cas où il s'agiſſoit de doter, entretenir, ou augmenter les Communautez, Monaſteres & autres lieux de pieté qui pouvoient être avantageux pour la propagation & conſervation de la Foi, c'eſt la Note de Gonzalez ſur la huitiéme regle de Chancellerie, gloſ. 5. §. 7. num. 46. ſalvantur & excipiuntur uniones, dit cet Auteur, quæ fiunt pro fundatione d'otatione, augmento, vel conſervatione Collegiorum, & aliorum piorum & Religioſorum locorum, ad Fidei Catholicæ defenſionem & propagationem. Barboſa ſur ce Decret de la Seſſion 24. du Concile de Trente, a obſervé la même choſe, ainſi que pluſieurs autres Canoniſtes; de manière que quand même la diſcipline établie par ce Concile, ſeroit ſuivie en France avec les exceptions qui ſont établies dans les Egliſes d'Italie, il y auroit ſujet de dire que le Monaſtere des Feüillans doit être regardé comme une Communauté de Religieux utiles, pour la conſervation & propagation de la Foy, ſoit par les exemples de leur vie auſtere, ſoit par leurs Prédications ou inſtructions ſpirituelles, & autres œuvres de pieté, qu'ils ſont en état de remplir dans la Ville de Bordeaux, & dans le Diocéſe.

Au reste l'on a toûjours été persuadé que les Peres du Concile de Trente dans ce Chapitre 13. de la Session 24., n'ont eu d'autre dessein, que de s'opposer aux unions de Cures qui se faisoient avec extinction de Titre, & en abandonnant le soin de la Desserte, ou administration de la Paroisse à la Communauté, Chapitre, ou Chanoine qui profitoit des revenus de ces Eglises; ce sont ces unions préjudiciables aux habitans, qui sont considerées comme odieuses, & que le Concile a voulu désapprouver; mais il n'a jamais entendu condamner celles où le Superieur Ecclesiastique ne fait que déterminer en faveur de quelque établissement pieux, l'aplication d'une partie des fruits, après avoir laissé suffisament pour entretenir le Titulaire, & satisfaire aux charges; c'est ce qui se trouve solidement exposé par le sçavant auteur des nouveaux Memoires du Clergé tom. 10. pag. 1826.

Conformément à ces regles, toutes les fois qu'il s'est presenté des apels comme d'abus de pareilles unions; les Cours du Royaume ont toûjours eu grande attention de distinguer, si c'étoit la cause de la Paroisse & de ses habitans, ou seulement celle du Titulaire, tourmenté par son avarice & sa cupidité.

Lorsque les interêts des Paroissiens se sont trouvés offensés par la diminution, soit du service Divin, soit des autres secours spirituels, ou que les unions avoient été faites par le Pape en forme gracieuse, *proprio motu*, & sans avoir délegué des Commissaires en France, dans tous ces cas les Parlemens protecteurs de nos maximes & nos libertés, ont toûjours déclaré ces sortes d'unions abusives; mais lorsque l'apel comme d'abus paroissoit n'avoir pour objet que l'avarice du Titulaire, dans la vûe de se procurer des revenus plus considerables, & que d'ailleurs l'Evêque Diocesain en apliquant le surplus des fruits d'une Cure, pour soûtenir quelque établissement utile à l'Eglise, avoit exactement rempli tout ce qui pouvoit être à l'avantage de la Paroisse & des habitans, jamais les apels comme d'abus n'ont pû donner atteinte aux unions qui avoient été faites dans de telles circonstances, elles ont toûjours été solemnellement confirmées.

De là cette foule d'Arrêts rendus en pareil cas depuis plus d'un siécle dans les differentes Cours du Royaume.

L'union de la Cure de Boüillac, faite à l'Abbaye de Bonlieu Ordre de Citeaux depuis le Concile de Trente, par M. de Sansac Archevêque de Bordeaux, a été confirmée au mois de Juin 1600. par Arrêt rendu au Parlement de Toulouse, où la contestation avoit été renvoyée.

Le Parlement de Paris par Arrêt du 15. Avril 1630. a pareillement confirmé l'union de la Cure de saint Cyr d'Issoudun, au Chapitre de l'Eglise Collegiale de cette Ville.

Tom. 10. des Memoires du Clergé, pag. 1821.

Henrys, tom. 2. liv. 1. quest. 12., rapporte un autre Arrêt rendu dans ce même Parlement le 13. Juin 1654. où l'on voit que la Cure de saint Just de Bastie, au Diocése de Clermont en Auvergne, est unie aux Religieux Minimes de Chaumont; & quoique ce Jugement soit intervenu dans une contestation où il s'agissoit d'abonnement par rapport aux Dîmes, il ne laisse pas neanmoins d'avoir un rapport bien fenfible à la caufe , puifque fi l'union des Cures aux Monafte-res étoit défenduë , ainfi que le fieur la Tour n'a pas fait difficulté de l'avancer ; il eft inconteftable que Meffieurs les Gens du Roy , qui donnerent leurs conclufions dans cette inftance , n'auroient pas man-qué d'interjetter d'office appel comme d'abus de cette union , pour la faire condamner.

J urnal
des Au-
diencés ,
tom. 4.
liv. 6.
chap. 5.
Journal
des Au-
diences
diences ,
tom. 4.
liv. 6. ch.
5.

Par Arrêt du 21. Août 1667., cette même Cour , fur une évocation faite en ce Parlement , a confirmé l'union de la Cure de faint Maxi-min en Provence , au Monaftere des Jacobins de cette Ville.

Ce Tribunal par Arrêt du 17. Mars 1683. a declaré n'y avoir abus dans l'union de la Cure de Ligny en Barrois , au Chapitre de l'Egli-fe Collegiale de la même Ville ; & par Arrêt du 20. May 1688. l'union de la Cure de Saulterne à l'Archidiaconé de Blaye dans l'Eglife Ca-thedrale de Bordeaux , a pareillement été confirmée au Parlement de Paris , fur le renvoi qui lui avoit été fait de cette caufe.

Le 17. Août 1696. femblable queftion s'étant prefentée dans ce Par-lement , au fujet de l'appel comme d'abus interjetté , de l'union de la Cure de faint Quentin , faite au Monaftere des Minimes de la Ville d'Aubettere en l'année 1617. , & par confequent bien après le Con-cile de Trente , M. de Lamoignon qui porta la parole , en qualité d'Avocat Général , après avoir refuté tous les moyens d'abus , que l'on peut affurer avoir été à peu près les mêmes que ceux qui fe trou-vent aujourd'hui hazardez par le fieur la Tour , réduifit toute la quef-tion au feul défaut de Lettres Patentes que ces Religieux n'avoient point encore obtenuës pour confirmer leur établiffement dans la Ville d'Aubettere ; & fur les conclufions de ce Magiftrat , il fut ordonné par l'Arrêt , que préalablement lefdits Religieux Minimes fe retire-roient pardevers le Roy , pour obtenir Lettres confirmatives de l'é-tabliffement de ce Monaftere , s'il plaifoit audit Seigneur Roy de les leur accorder ; ce que ces Religieux ont obtenu depuis , & l'union a été en confequence executée fans contradiction.

Mais fans fortir du fein de la Cour , combien d'exemples ne trou-vons-nous pas dans cet Augufte Tribunal ?

M. le Préfident Boyer , *quæft.* 345. *num.* 5. , cite un Arrêt rendu en l'année 1526. pour l'union de la Cure , que cet Auteur appelle en La-tin , *de Fraćtojove* , qui avoit été faite par l'Evêque de Perigueux , à l'Abbaye de Bouchaud , ou , *de Bofco Cavo* , Ordre de Citeaux.

Par Arrêt de la Cour du 25. May 1593. l'union de la Cure de Begui , à la Chartreufe de Vauclaire , a été pleinement confirmée , quoi-qu'il y eût d'ailleurs un défaut affez effentiel , en ce que le Monaf-tere étoit fitué dans un Diocéfe different de celui du Benefice dont on avoit fait l'union.

La même chofe a été jugée en 1635. , par rapport à la Cure de Ludon , qui a été unie en 1610. , au Monaftere des Chartreux de ladite Ville , par M. de Sourdis , Archevêque de Bordeaux.

La Cure de Nerac a été unie en 1696. , par M. l'Evêque de Con-dom. , au Monaftere des Peres de la Doćtrine de ladite Ville ; il y eut même beaucoup de refiftance de la part des Habitans ; ce qui obli-

gea

gea le Roy Louis XIV., de commettre M. de Befons, Intendant de la Province, pour entendre les Parties, & fur l'avis de ce Commiffaire, Sa Majefté accorda les Lettres Patentes confirmatives, qui furent enfuite regiftrées en la Cour.

Enfin, par Arrêt du 27. Février 1711., rendu dans des circonftances bien moins favorables, l'union de la Cure de Saillant, faite à la Fabrique de l'Eglife de faint André de la Ville de Bordeaux, a été folemnellement confirmée, fans s'arrêter à l'appel comme d'abus interjetté par le Vicaire Perpetuel de cette Cure, qui s'en étoit fait pourvoir en Cour de Rome.

Si l'on vouloit penetrer dans les differentes Provinces du Royaume, il feroit facile de rapporter encore une infinité d'autres exemples; mais après une tradition de Jurifprudence auffi fuivie, l'on ne croit pas neceffaire d'aller plus loin, ce feroit fatiguer la Cour en lui faifant connoître feulement que les autres Tribunaux du Royaume fe font fait l'honneur de fe conformer à fes Arrêts, diétez par la fageffe, foûtenus par les regles de la Juftice la plus exaéte.

A l'égard des Arrêts, dont l'Appellant comme d'abus a voulu mal à propos emprunter l'autorité, il n'y a pas un feul de ces Jugemens qui puiffe avoir la moindre application; dans les uns, le Peuple des Eglifes qui avoient été unies, provoquoit lui-même le miniftere public pour faire fentir tout le préjudice qui avoit été fait à fes Paroiffes, par rapport à l'adminiftration fpirituelle; & dans les autres, il s'agiffoit d'unions decretées en forme gracieufe, du propre mouvement du Pape, contre toutes les maximes de France, & les fondemens inviolables de nos libertez.

Il eft au furplus bien fenfible, que c'eft ici la feule caufe du fieur la Tour, & non celle de l'Eglife, ni des Paroiffiens de Moulon; ces habitans ne fe plaignent point, & l'on voit que M. de Bethune par fon Decret, a menagé avec fcrupule tout ce qui pouvoit concerner l'adminiftration fpirituelle de cette Paroiffe, il y a établi un Pafteur en Titre, avec une fubfiftance très-abondante, & les Feüillans ont été de plus chargés d'envoyer dans le tems de Pâques & autres principales Fêtes de l'année, un de leurs Religieux ou un Prêtre Seculier, pour aider dans les fonétions Curiales & célebration du fervice Divin; il y a même un Vicaire dont les Intimés payent annuellement la portion congruë; en forte que dans l'état où fe trouve cette Paroiffe, l'on a foûtenu avec grande raifon, que ce n'étoit point à proprement parler une union de Cure, mais fimplement l'aplication d'une portion des fruits de ce Benefice, en faveur d'une Maifon Religieufe, qui étoit dans une veritable indigence, & dont l'Eglife auffi-bien que le Diocéfe de Bordeaux, pouvoit retirer de grands avantages.

Et s'il étoit queftion de rapeller ici quelques circonftances de cette utilité, les tems fi éloignés qu'ils puiffent être, n'effaceront jamais la memoire des fervices que les Feüillans ont rendu & à l'Etat & à leur Patrie; l'on fçait que dans les mouvemens de cette Province, leur Monaftere fervit d'azile à un Illuftre Magiftrat de ce Parlement, & qu'ils expoferent leur Maifon à être pillée ou brûlée, s'expofant eux-

H

mêmes à perdre la vie, pour conferver à l'Etat & à leur Prince, un auffi fidel Sujet ; leur pieté ne fut pas moins éclatante, auffi-bien que leur zéle, lorfque la Ville de Bordeaux eut le malheur d'être affligée de la Pefte ; bien loin de fuivre l'exemple d'un grand nombre d'Ecclefiaftiques, aufquels la crainte du peril avoit fait prendre la fuite, ils ne voulurent pas dans un befoin fi preffant abandonner un Peuple qui leur étoit cher, leur Eglife fut ouverte pendant tout le tems de la Contagion, ils y adminiftroient les Sacremens avec la même affiduité, que s'ils n'avoient eu rien à craindre ; leur charité fut portée bien plus loin : deux de leurs Religieux fe renfermerent dans l'Hôpital des Peftiferez, pour fecourir & adminiftrer les malades, où ils pafferent fept mois dans ce dangereux exercice de l'amour du prochain, ils ne fe retirerent même, lorfque la maladie Contagieufe fut entierement diffipée, qu'après avoir netoyé & définfecté l'Hôpital.

Les Religieux qui ont fuccedé à ces grands Athélletes de la Religion, font également animés du même efprit, & fi les occafions ne fe font point encore prefentées, pour en donner des marques auffi fenfibles, leur zéle n'en eft pas moins vifs ni moins ardent ; penetrez comme ils font, de tels fentimens pour le fervice de l'Eglife & de l'Etat ; ils ofent fe flater de trouver en la Cour la même protection, dont ce Corps fi refpectable les a autrefois honorés ; ajoûtons que c'eft en quelque maniere l'ouvrage de la Cour que les Intimez défendent, il s'agit d'une union faite avec caufes légitimes, par un Illuftre Archevêque de Bordeaux, confirmée en 1653. & 1706. ; par diferentes Lettres Patentes, enregiftrées dans cet augufte Tribunal.

Monfieur DE JEGUN, Rapporteur.

Me. LEMERRE, *Avocat au Parlement de Paris.*

DESCORPS, Procureur.

A BORDEAUX,

Chez JEAN-BAPTISTE LACORNE'E, Imprimeur de la Cour de Parlement, & le l'Hôtel de Ville, rüe St. Jâmes, vis-à-vis rüe de Gourgue.

Pour

Le Reverend Pere Dom Chavaille Religieux

feüillent dans Le Monastere de St Bernard

rüe St honnoré   A Paris.

www.ingramcontent.com/pod-product-compliance
Lightning Source LLC
Chambersburg PA
CBHW061619180626

46818CB00005B/2143